ROOP ROJONI

ROOP ROJONI

NK Mondal

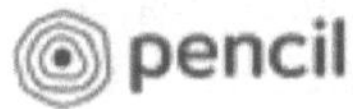

ISBN 978-93-5667-731-9
© NK Mondal 2023

Published in India 2023 by Pencil

A brand of
One Point Six Technologies Pvt. Ltd.
Unit no. 26, Ground Floor, Building A1,
Wadala Truck Terminal Road,
Near Post Office, Antop Hill, Mumbai - 400037
E connect@thepencilapp.com
W www.thepencilapp.com

DISCLAIMER: *This is a work of fiction. Names, characters, places, events and incidents are the products of the author's*

Author biography

NK Mondal is an indian famous writer and secularist.

NK Mondal 1
(Indian Author)

CONTENTS

Introduction

রুপ রজনী হল একটি কাল্পনিক প্রাপ্তবয়স্ক আরব্য রজনী, বা পারস্য রজনীর মত একটি ভারতীয় উপন্যাস মাত্র। এবং এটি একটি প্রথম খণ্ডে প্রকাশিত।

প্রথম পরিচ্ছদ

বাশার আল আসাদ ছেলেটি তেমন একটা খারাপ নয়। বেশ ভালো ও সুদর্শন সুপুরুষ বটে। পরিবারটা তেমন একটা সচ্ছল ছিল না বাপ দাদার আমল থেকে। বাবা সতেরো বছর বয়সেই মারা গেছে, এক যাদুকরের যাদুতে। অবশ্য যাদুকরের সঙ্গে তাঁর বাবা নুজ অল বাশার ছোটো থেকেই অভাবি দেখে দেখে মন বিষণ্ণতায় ভরে গেছিল। ফলত সে যাদুবিদ্যা শিক্ষার জন্য পরাক্রমাশালী যাদুকর ইবনু মুয়াজিদ বিন সুলাইমানের কাছে শিক্ষা গ্রহণের জন্য যায় কিন্তু তিনি তাঁর মনের ভাব বুঝতে পেরে ধনসম্পদের কথা বলে এক গভীর অরণ্য পর্বতমালার মধ্যে এক পঞ্চদ্বার গুহায় নেমে ধন সম্পদ নিয়ে আসতে হবে, কিন্তু একটাই শর্ত তাঁকে জীবনে মিথ্যা কথা বলা যাবে না বা সে কখনো মিথ্যা কথা বলেনি সেই ব্যক্তিই ওই গুহার সমস্যা সমাধান করে ধন সম্পদ নিয়ে আসতে পারবে। কিন্তু আজও সেই পঞ্চদ্বার গুহার রহস্যভেদ করতে পারেনি। সেই গুহাতেই বাশার আল আসাদের বাবা নুজ অল বাশারের মৃত্যু হয়েছে। তখন থেকেই বাশার আল আসাদের একমাত্র মাতা আমিনা বিনতে কুলসুম ব্যাতিত কেহই নেই। কোন দিন খাওয়া হয় তো আবার কোনদিন খাওয়া

হয় না বল্লেই চলে। একদিন পাশের মহল্লার চাচা আবু তালিব ব্যবসার জন্য অন্য নগরে যাবে সওদা করতে। আবু তালিব বিভিন্ন দেশে গিয়ে মাল কেনাবেচা করে। কিছুদিন করে থাকে আবার বাড়ি চলে আসে। এই করে করেই তাঁর এত আয় রোজকার হয়ে সে আজ প্রচুর ধন সম্পদের মালিক হয়েছে। তাঁর একমাত্র কন্যা ব্যাতিত কেউই নেই। সে যে মহল্লার পরমাসুন্দরী তা সকলেই জানে, এমন কি বাশার আল আসাদও জানে। এবং এও জানে যে তাঁকে সে অর্থাৎ বণিকের একমাত্র কন্যা সুমাইয়া বিনতে নুজ। তাঁকে সবাই নুজ নামেই চেনে। বেশ পরমাসুন্দরী নারী। জীবনে কখনো পুরুষের সঙ্গে সঙ্গ দেয়নি। মনে মনে বাশার আল আসাদকেই চেয়েছে আল্লাহর কাছে। সে প্রতিদিন দোতলার বারান্দা দিয়ে বিকেল বেলায় একবার হলেও তাঁকে দেখবে, কারণ তাঁকে সে যে খুব ভালোবাসে। কিন্তু সে ভালোবাসার কথা আজও বলতে পারেনি তাঁকে। এমন কি তাঁর কোনো সখী দাসদাসীদেরও না। সে আজ শুনেছে তাঁর বাবা অন্য কোনো এক দেশে ব্যবসায় যাচ্ছে। সে নাকি তাঁর বাবার সঙ্গে যেতে চাই, কিন্তু তাঁর কোনো পুঁজি নেই। তাই একমাত্র আল্লাহ আর মা আমিনা ভরসা।

দুই

বাশার আল আসাদ বাড়িতে এসেই দেখল, তাঁর মা একটি পুরানো পেইন্টিং পরিস্কার করছে। এমন সময় সে এসে মায়ের গলা জড়িয়ে বলল, মা আমি একটা কথা ভাবছি, তা বলব কি না তাই ভাবছি। কি কথা বেটা। না এমন কিছু নয়, ভাবছি যদি আমাদের কিছু মুদ্রা থাকত

তাহলে আমি বানিজ্যে যেতাম অল্পকিছু পুঁজি নিয়ে। মা আমিনা একটু ভেবে মুখটা ছোট করে চিন্তা করে ভেবে বলল, আমাদের টাকা কোথায় বাবা। তোমার বাবার রেখে যাওয়া সেই ক গাছা হাতের বালা ছাড়া। মা আমাকে ওই ক গাছা বালা থেকে কিছু দিয়ে বানিজ্যে পাঠিয়ে দাও, কথা দিচ্ছি মা আল্লাহ আমাদের সহায় হবেন। মা চিন্তা ভাবনা করে সোনা ও রুপা সহ ক গাছা বালা জোড়া বিক্রয় করে যা কিছু মুদ্রা হল, তাতে করে বিদেশে গিয়ে ফেরি ওয়ালার ব্যবসা ছাড়া কিছুই হবে না। বাশার আল আসাদ তাতেই খুশি। চাচার সঙ্গে কথা হয়ে গেছে যে বানিজ্যে যাবে, তাই পুনরায় চাচার সঙ্গে দেখা করতে এসেই নুজের সঙ্গে দেখা। বাশার আল আসাদ যে ওদের বাড়িতে আসছে তা উপর তলা থেকে দেখেই সে নীচে নেমে আসছে। বাশার আল আসাদ বড় বারান্দায় হেঁটে আসছে, এমন সমন তাঁকে কে যেন নরম হাত দিয়ে সবার অলক্ষে একটি কক্ষে ঢুকিয়ে নিল। কিছুক্ষন পরে বাশার আল আসাদ দেখে যে, তাঁর সামনে সুমাইয়া বিনতে নুজ। বাশার আল আসাদ হতবাক। দুজনের মুখে কোনও কথা নেই, যেন দুজনে শুভদৃষ্টি করছে। হঠাৎ করেই নুজ হাত বাড়িয়ে একটা মোহরের থলে বাড়িয়ে দিল এবং বলল নাও ধরো। এটা তোমার কাজে দেবে। বাশার আল আসাদ প্রশ্ন করলে, সে বলে তাতে কিছু মুদ্রা আছে। কিন্তু বাশার আল আসাদ অমন পাত্র নয় যে, তাঁকে যে কেউ কিছু এমনি এমনি দেবে আর সে নিয়ে নেবে। বাশার আল আসাদ বলল না নুজ এটা আমি নিতে পারব না। নুজ রাগ করে বলে তুমি যদি না নাও তাহলে দেখবে, এই নুজকে আর কখনো দেখতে

পাবে না। কিন্তু আমি কেন নেব। ওসব আমি কিছু বুঝি না, এমনি না নাও ধার হিসাবে নাও। হ্যাঁ তাহলে নেব। বাশার আল আসাদ মাথা নত করে কুর্নিশ জানাই তাঁকে। কিন্তু নুজ বলে না বাশার। মাথা নত একমাত্র আল্লাহকেই করবে, আমাকে নয়। আমি আল্লাহর বান্দা। তিনি তোমার মঙ্গল করুন। এই বলে বাশার আল কক্ষ থেকে চাচার কাছে চলে গেল।

তিন

জীবনে কখনো বানিজ্যে যায়নি বাশার আল আসাদ। পাড়ার চাচা তথা বণিক আবু তালিবের সঙ্গে আরো অনেক বণিক বানিজ্যে যাচ্ছে। অনেকে অনেক কথা বলছে, ঠাট্টা তামাশা চলছে। এমন কি যুবক বাশার আল আসাদকেও ছাড় দিচ্ছে না, কিন্তু বাশার আল আসাদ এবং বড় বণিক আবু তালিব তেমন একটা কথা বলছে না। বাশার তো কথা শুনেই যাচ্ছে, এমন সময় ঘোড়ার গাড়িগুলি জাহাজ ঘাটে অর্থাৎ বন্দরে এসে পৌঁছালো। দলের বণিক সর্দার আবু তালিব বলল, যাও কুলি ডেকে নিজ নিজ মালপত্র জাহাজে নামিয়ে নাও। নিজ নিজ কুলি ডেকে মালপত্র সব উঠিয়ে নিয়ে গেল। জাহাজ ছাড়তে এখনো প্রায় ঘন্টাখানেক লাগবে, আর খিদেও পেয়েছে সবার, তা আবু তালিব ভালো ভাবেই বুঝতে পারছে দেখে। সবাইকে খাওয়ার জন্য আবু তালিবের চেনা এক
পান্থশালা বা সরাইখানায় নিয়ে যেতেই সরাইখানার মালিক আবু তালিবকে মাথা নত করে কুর্নিশ জানিয়ে বললেন, জনাব আসুন। কেমন আছেন, অনেকদিন

পরে দেখা । হ্যাঁ ইসাহক । অনেকদিন পরেই আবার কিনাম দেশের উদ্দেশ্যে রওনা হলাম । তা পান্থশালার সকলে নিশ্চয় কুশল মঙ্গলে আছে। হ্যাঁ মালিক। কই রে ইব্রাহিম সবাইকে খাবার দিয়ে যা । ইব্রাহিম হল সরাইখানার মালিকের বড়ছেলে । এমন সময় ইসাহক বলে উঠলো, নেই হতচ্ছাড়া পাশের বাড়ির মেয়েকে নিয়ে পালিয়ে গেছে। আজ প্রায় দেড়মাস হয়ে গেল তাঁর কোনো খোঁজ খবর নেই। এত এত বিদেশ থেকে বণিকের দল আসে খোঁজ খবর করি, কিন্তু তাঁর কোনো খবর পাওয়া যায় নি। আবু তালিব একটা দীর্ঘশ্বাস ছেড়ে বলল, আহা কাকে বিশ্বাস করব এযুগে। আল্লাহ নিশ্চয় সত্য ও সরল পথ দেখাবে। সকলে মিলে সরাইখানায় ভোজনের কাজ শেষ করে নিজ নিজ আহারের মুদ্রা মিটিয়ে দিল, কিন্তু বাশার আল আসাদ সে নিজের ও আবু তালিবের মুদ্রা দিয়ে দিল । তাতে আবু তালিব বলল, না না বাবা, তোমাকে দিতে হবে না । তোমার এমনিতেই অসুবিধে । থাক না চাচাজান। আবু তালিব বলল, বেটা তুমি আমার সঙ্গেই ব্যাবসা করবে একার দরকার নেই। তাহলে তো ভালোই হয় চাচা। এই বলে চাচাজান অর্থাৎ বণিক প্রধান আবু তালিব তাঁর মাথায় আলতো স্পর্শ করে হাত বুলিয়ে বলল চলো বেটা । বিদায় মালিক, আবার দেখা হবে । বিদায় ইসাহক , ভালো থেকো । সরাইখানার মালিক উপরের দিকে হাত তুলে বলে, হে আল্লাহ মালিকের ব্যবসায় যেন আয় উন্নতি হয় আর ওদের সর্বদা ভালো রেখো । প্রায় একমাস জলপথ ও স্থল পথে যাত্রা করার পরে শেষমেষ কিনাম দেশের একটি নগরে এসে পৌঁছালো । তখন প্রায় সন্ধ্যা হয়ে গেছে মালপত্র

ঠিকঠাক করতে । মালপত্র বলতে এমন কিছুই নয় স্বদেশীয় নামীদামী কিছু জিনিসপত্র যে যা পেরেছে তা কিনে নিয়ে গেছে । আবার সেদেশীয় মালপত্র কিনে ব্যবসা করবে এবং নিয়েও আসবে স্বদেশে । এটাই সওদাগরদের প্রকৃত কাজ ।

দ্বিতীয় পরিচ্ছদ

অনেকদিন হয়ে গেল বাশার আল আসাদের জন্য মায়ের মন কেঁদে উঠে। মায়ের ছেলে মায়ের কাছে না থাকলে কি মায়ের ভালো লাগে। ওদিকে নুজ তাঁর প্রাণ প্রিয়কে না দেখে বড়ই ব্যাকুল। এবং অন্তত যদি তাঁকে বলা যেত মনের কথা, তাহলেও অন্তত মনটা অনেক শান্ত হত। কিন্তু সে সাহস কি তাঁর আছে। সে জানে না তাঁকে আদৌও বাশার আল আসাদ ভালোবাসে কি বাসে না। তাঁকে বুঝতেও পারে না। তবুও আশায় থাকে। আজ যেন একটু বেশি বেশি খাটুনি হয়েছে তাই, কাজ মিটে যাওয়ার পরে পরেই ঘুমিয়ে গেল। কিন্তু প্রায় সকলেই রাত্রি কিছুটা জাগরণ করে ঘুমাতে গেল, কেন না তাঁদের এলাকা চেনা জানা। এর আগেও এদের মধ্যে অনেকেই এসেছে। কিন্তু এদেশে সব থেকে বেশি পরিচিত সওদাগর আবু তালিব। সে সবকিছু জানে ও বোঝে। তাই অনেক রাত্রি পর্যন্ত না ঘুমিয়ে জেগে থাকলো, পালাক্রমে অন্যরা তাবু পাহারা দেবে।

চার

কিনাম দেশে কেন কোথাও কোনোদিন বানিজ্যে আসেনি। বানিজ্যের নিয়ম নীতি সে কিছুই বোঝে না,

তবুও সে বাণিজ্য করতে এসেছে । পিতা নুজ অল বাশারকে হারিয়ে তাঁর একমাত্র ভরসা ছিল মা। কিন্তু সেটাও সে কোন দূরে রেখে এসেছে । সে এখানকার কিছুই চেনে না জানে না । এখানে তাঁর নিজের বলতে কেউ নেই। যদি কিছু হয়ে যায় বা তাঁকে কেউ মেরে দেয় । বাশারের খুব ভঁয় হতে লাগলো , কিন্তু তা কাউকে জানালো না বরং চালাকির সঙ্গে থাকার চেষ্টা করতে লাগলো । আবু তালিবের সঙ্গে ব্যবসা করা কথা হলেও আলাদা করে ঘর পরে আবু তালিব তাঁকে ভালোভাবে বুঝিয়ে একটি শহরের চৌরাস্তার মোড়ে এদেশীয় সাজসয্যা বা স্টেশনার্সের দোকান করে দিলেন । কিছুটা দূরে আবু তালিব মনোহরী মালের দোকান দিলেন । কিছুদিনের মধ্যেই শহরে নতুন স্টেশনার্শের দোকানের বেচাকেনা বাড়তে লাগলো । সুনাম ছুটতে লাগলে হাওয়ার বেগে। সব সময় বেচাকেনা লেগেই আছে, যেন লাইন দিয়ে বিক্রি হচ্ছে । আর তাতে মেয়েদের সমস্ত সাজবার নিত্যানতুন জিনিস আছে। এই খবর চলে গেল নগরের সমস্ত পতিতাগনের কাছে । যে ওখানে নাকি সুন্দর সুন্দর সৌন্দর্যের জিনিস পাওয়া যায় । বাশার আল আসাদ কে দেখে তাঁদের বারবার আসতে হয় । কেনই বা আসবে না শুনি অমন সুন্দর রুপবান সুন্দর যুবক এই নগরে কেন আসে পাশের দু একটা নগর খুঁজলেও পাওয়া যাবে না । যেমন ফর্সা তেমন লম্বা । না পাতলা না মোটা । মেদহীন পেশিবহুল শরীর । টিকালো নাক এবং সুন্দর হালকা লম্বাটে মুখখানা । আর তাঁর চেহারায় কতই না সুন্দর একজন বৃদ্ধাও তাঁর প্রেমে পড়ে যাবে । অনেকজন এমনি দেখার জন্য দোকানে মাল কিনতে

আসে। তাতে কারো কিছু হোক বা না হোক অন্তত বাশার আল আসাদের তো মুনাফা হতে থাকে। আবার কিছু মেয়েদের কথা কাটাকাটাটি বা চক্করে পড়ে মালে লস তো দূরে থাক লাভ তো হয় না বরং আসল মূল মুদ্রাটাও চলে যায়। তাঁর দোকানের খবরের সঙ্গে সঙ্গে তাঁর চেহারার সুন্দরতাও পৌঁছে যায় উজির কন্যা মালেকার কাছে। মালেকা রুপেগুণে ভরপুর কিন্তু তেমন তাঁর এখনো মনের সঙ্গী মনের মতো পায় নি বা তাঁর মনে ধরেনি। তাঁর সবথেকে কাছের সখী রুমেলা বিনতে ওয়াইরিশকে মালেকা বিনতে সুমাইয়া বা উজির কন্যা বলল, সখীরে চল বাশার আল আসাদের দোকানে। তাঁকে যে দেখতে যাব তা যেন কেউ ঘুনাক্ষরেও জানতে না পারে। সবাই জানবে আমরা সামগ্রী কিনতেই যাব। উজির কন্যা নগরের একমাত্র ধণীর দুলালী। চার চাকা বিশিষ্ট সুন্দর সাঁজুয়া গাড়িতে চড়ে দোকানের কিছুটা আগে নেমে পড়ে দুজনে পাঁয়ে হেঁটে দোকানে প্রবেশ করলো। ইসলামি কালো পোশাক বা বোরখা নামক এক প্রকার পোশাক পরে থাকার জন্য তাঁদের চেনার সুযোগ নেই। আর পাঁচটা খদ্দেরের মতোই নানান মাল সামগ্রী কেনার জন্য সামনে গিয়ে বসল। সখী তখন বাশার আল আসাদ কে বলে, কই গো রসিক আমার মাল দেখাও। বাশার বিনিত স্বরে মাথা নত করে বলে, জ্বী মালকিন কি দেখাব বললে আমার সুবিধা হয়। বাশার সকল খদ্দেরকেই জ্বী মালিক মালকিন ইত্যাদি বলে সম্বোধোন করে ডেকে থাকে। উজির কন্যা বাশার আল আসাদ কে দেখেই মুগ্ধ। সে যেমন চেয়েছিল সে তেমনিই পেয়েছে। কিন্তু তাঁকে কিভাবে পাওয়া যায়। প্রথম দেখাতেই ভালো

লেগে যায়। সখীকে ইশারা করে এবার মাল দেখাতে বলে, বিভিন্ন মাল দেখাতে থাকে। এটা দেখে ওটা দেখে সেটা দেখে, কিন্তু কোনোটাই পছন্দ হয় না। বাশার আল আসাদ সবাইকে মাল দেখাতে না পেরে কিছু খদ্দের চলে যায়, অবশ্য বাশার আল আসাদের উপর রাগান্বিত হয়ে। তাতে অবশ্য উজির কন্যারও কষ্ট হয়, আহা আমার জন্যই তাঁর এত খদ্দের চলে গেল এবং সে ক্ষতিগ্রস্থ হয়ে গেল। তাঁর মনটা কেঁদে উঠলো, তাই সে সখীকে বলল, রুমেলা যে সমস্ত মাল সামগ্রী নামিয়েছে দোকানী সমস্ত মাল আমার পছন্দ। আমি সব মাল খরিদ করতে চাই। সখী তখন উজির কন্যার মুখের দিকে তাঁকায় আর ইশারা করে বোঝানোর চেষ্টা করে যে, তাঁরা তো তাঁকে দেখার জন্য আর পেরেশানির জন্য বা জ্বালাতনের জন্য এত মাল দেখাতে বলা হয়েছে। কিন্তু সব মালের দাম কমপক্ষে পাঁচশত মুদ্রা হবে। যা নিয়ে আসা মুদ্রার থেকে বেশি। তখন মালেকা বিনতে সুমাইয়া বা উজির কন্যা বলে, রুমেলা, দোকানীকে দুইশত মুদ্রা দিয়ে দাও আর আগামীকাল তিনশত মুদ্রা দিয়ে সমস্ত মাল সামগ্রী নিয়ে যাবে। এবং বাশার আল আসাদ কে উজির কন্যা বলে, জনাব আমার এত মুদ্রা নিয়ে আসা হয় না দেখতে দেখতে রত পছন্দ হয়ে যাবে ভাবতে পারিনি। তাই দুইশত মুদ্রা দিয়ে যাচ্ছি আর আগামীকাল বাকী মুদ্রা দিয়ে যাবে এবং সব মাল নিয়ে যাবে কেমন। জ্বী মালকিন, আবার আসবেন এই অধমের দোকানে। আজ বাশার আল আসাদের সবথেকে বেশি বিক্রয় হয়েছে তাই সে, সন্ধ্যা নেমে যেতেই বাড়ি চলে যায়। সে বাড়ি গিয়ে কিছু না খেয়ে আনন্দে চাচার দোকানে যায়

আজকের ঘটনা বলার জন্য, কিন্তু কি আশ্চর্য্য পিছন থেকে একজন বলে উঠে জনাব বাশার সাহেব এদিকে একটু আসবেন। বাশার তাঁকাতেই দেখে একজন যৌবনা কাময়বী নারী। তাঁর চেনা চেনা মনে হচ্ছে, সে তো মাঝে মধ্যে তাঁর দোকানে যায়। মাল নিয়ে আসে। হ্যাঁ সে চিনতে পেরেছে, ওর নাম জয়নব। ভারি মিষ্টি মেয়ে। বাশার আল আসাদ দূর থেকেই বলল, জ্বী মালকিন আমাকে ডাকছেন। হ্যাঁ আপনাকে। এদিকে আসবেন। জ্বী মালকিন। কাছে আসতেই বাশার মাথা নত হয়ে বলল, জ্বী বলুন মালকিন কি বলবেন। জয়নব তখন বলল, আজ্ঞে আপনার দোকানেই যাচ্ছিলাম আপনাকে ডাকতে। কেন। দরকার আছে। আমাদের বাড়িতে চলুন না। জয়নব পিড়াপিড়ি করতে লাগাতে, শেষমেষ তাঁকে যেতেই হল।

পাঁচ

ওদিকে চাচার সঙ্গে এক সপ্তাহের বেশি হয়ে গেল দেখা সাক্ষাৎ নেই বল্লেই চলে। নিজ নিজ ব্যবসা নিয়ে মেতে থাকে। প্রায় তিনমাস হয়ে গেল কিনাম দেশে আসা। বাশারের এখন তেমন একটা ভঁয় লাগে না। এখানে সে একটা বাড়ি ভাড়া নিয়েছে, মাসে পাঁচ মোহর বা মুদ্রা দিতে হয় বাড়ি মালিককে। তাঁর নিজের দেশের কথা ভুলেই গেছে ব্যবসা পেয়ে, অবশ্য সে মায়ের জন্য টাকা পাঠিয়েছে। সেখান থেকে চিঠি আসে যায়। এমন কি নুজকেও একটা চিঠি দিয়ে জানিয়েছে তাঁর কৃতজ্ঞতা ও মুদ্রা ফেরত দেওয়ার কথা। এবং আরও লিখেছে যে, তাঁর যেন মনস্কামনা পূর্ণ করে দেন আল্লাহ তায়ালা।

তৃতীয় পরিচ্ছদ

জয়নব বাশার আল আসাদ কে নিয়ে যায় তাঁর নিজের বাড়িতে। বাড়িটি এমন এক স্থানে অবস্থিত। যে আসে পাশের গলি দিয়ে যাচ্ছে তো শুধুই মুখ চাওয়া চায়ি করছে। আর মিঠি মিঠি হাসছে। জয়নবের বাড়িতে পৌঁছে দেখে, বাড়িটি মহল্লার শেষের দিকে। একদম নির্জম জায়গায়। সেখানে তেমন একটা লোক চলাচল করে না রাস্তার পরিস্থিতি দেখ্‌লেই বোঝা যাচ্ছে।

ওদিকে উজির কন্যা বড়ই ছটপট করছে। তাঁর প্রেমের নাগরকে প্রেমের জ্বালে ফেলার জন্য। সে পায়চারি করছে এদিক থেকে ওদিক, হাতে আঙ্গুলে আঙ্গুল পুরে দিয়ে কচলাচ্ছে। একমনে পায়চারি করছে৷ তা দেখে সখী এসে বলল, কি ব্যাপার সখী। কি এত ভাবনা চিন্তা করছো শুনি, এত পায়চারি বা কিসের। কিগো কি ভাবছো, মন কেন জানি উদাস উদাস লাগছে মনে হচ্ছে। উজির কন্যা একটা নরম প্রকৃতির মিষ্টি ধমক দিয়ে বলল, যা তো বকাস না। আমাকে ভাবতে দে, আর নয়ত ব্যবস্থা করে দে দিকি। কি ব্যবস্থা করতে হবে সেটা তো আগে শুনি। কি ব্যবস্থা আবার, কিভাবে তাঁকে তাড়াতাড়ি পাওয়া যায়। তাঁকে কিভাবে কাছে পাওয়া যায়

। ওহ এই ব্যাপার, তাত তো দেওয়ায় যায় । উজির মশাইকে বললেই হয়ে গেল সকল সমস্যার সমাধান । না না বাবাব ওসবের মধ্যে নেই আমি । আর বাবাকে আমি নিজে মুঝে ওসব কথা বলতে পারব না । ওসব মত বাদ দিয়ে দে । অন্যভাবে কি করা যায় সেটা দেখা যাক । তাহলে তো আমাকে একটু সময় দিতে হবে , ভাবনা চিন্তা করার জন্য । ঠিক আছে তা না হয় দিলাম সময় । সখীঁ তখন বলল, তাহলে আমি আসি ।

জয়নবের বাড়িতে প্রবেশ করে দেখতে পেল, বাড়িটি বেশ চারিকোণ বিশিষ্ট পরিমাণের ও চতুর্দিক ভালো করে প্রাচীর দেওয়া । উঠানের মাঝখানে একখানা জলে ফোঁয়ারা দেখতে পাওয়া গেল, তা খুবই সুন্দর । সেখানে অবিরত জল উপচে উপচে ঝিরঝির করে পড়ছে , ফোঁয়ারাটা বেশ সুন্দর ও কারুকার্য করেই বাঁধানো আছে, যাতে মন থেকে দেখে ভালো লাগে এবং জল যেন কোনোক্রমে ছিঁটকে কোথাও না পড়ে । সেখানে দিব্যি সুন্দর বসে বসে গল্প করার মত জায়গা আছে এবং পাশেই চেয়ার টেবিল রয়েছে গল্প ও খাওয়ার জন্য । সেখানে খাওয়া গল্প আনন্দ মৌজ করার জন্য আরও নানান জিনিসপত্র রয়েছে, বলা যায় একটি পরিবার পার্ক । কিন্তু বাশার আল আসাদ বাড়িতে প্রবেশ করেই কোনো কিছু বুঝতে পারছে না । তাঁকে কেনই বা ডেকে এনেছে এখানে । এবার তাঁর একটু ভঁয় ভঁয় করতে লাগলো, সে ফোঁয়ারার কাছে একটু দূরেই দাঁড়িয়ে আছে ঘরের মধ্যে প্রবেশ করতে ভঁয় পাচ্ছে । বুকের ভিতরে কাঁপতে শুরু করেছে । ভাবতে শুরু করেছে কি হবে, ঠিক কিই বা

করবে, কিভছুই তো বুঝতে পারছি না। ঘরের গেটের সামনে থেকে বারবার থমকে থমকে দাঁড়াচ্ছে।

আবু তালিব একজন ব্যবসায়ী বা বণিক হিসাবে খুবই ভালো তা সকলেই জানে এবং খুবই বিনয়ী ও ভদ্র। সেজন্যই তাঁর ব্যবসা দারুণ ভাবে হয়। সততার সঙ্গে, তবে তাঁকেও ছাপিয়ে বা পেরিয়ে যাবে বাশার আল আসাদ এমনই মনে হচ্ছে ব্যবসায়ী আবু তালিবের। সে কখনো কোনোদিন কোথাও ব্যবসা করতে আসেনি, অথচ ব্যবসাতে তাঁর দারুণ উন্নত হয়ে উঠছে এই কয়মাসে। তা দেখে আবু তালিবের বেশ ভালোই লাগছে এবং গর্বে বুক ভরে উঠছে। আর তাঁদের মধ্যে এক সপ্তাহের মতো দেখা সাক্ষাৎ হয়ে উঠেনি, যেহেতু দুজনের বাড়ি ও দোকান প্রায় সাত আট কিলো মিটার হবে। আর এখন বাশার আল আসাদ ব্যবসাতে মন দিয়ে কাজ করছে, ভালো বেচাকেনা যে, একটু কোথাও যাবে তেমন সুযোগ সুবিধাই পাচ্ছে না। তাই আজ রাত্রিতে দোকান বন্ধ করে নিজের বাড়িতে কয়েক মুঠো খাবার খেয়ে একেবারে রওনা দেবে বাশার আল আসাদের বাড়ির উদ্দেশ্যে, প্রয়োজনে দরকার হলে রাত্রে ওখানেই থেকে সকালের দিকে বাড়ি ফিরবে তবুও ভালো। কিন্তু খোঁজ খবর নেওয়া অবশ্যই দলপতি হিসাবে অত্যান্তই দরকার ও কর্তব্য। কিন্তু আবু তালিবের মনে মনে ভঁয় ভঁয়ও লাগছে, কেন না এই এলাকা তেমন একটা সুবিধার নয়। যদি একবার রুপ নগরে পৌঁছে যায় তাহলেই সব শেষ হয়ে যাবে। সে জন্য রুপ নগরের ব্যবসা করতে যায় নি আবু তালিব। যে নগরে আছে বর্তমানে, সেখান থেকে রুপ নগর প্রায় ত্রিশ কিলো মিটারের মতো হবে। সে

রুপ নগর তেমন নামে তেমন কাজে । সেখানে ছেলেদের থেকে মেয়েদের সংখ্যা তিনগুন বেশি । রুপ নগর হল কিনাম দেশের রাজধানী । সেখানে সুন্দরী সুন্দরী নারীদের নগর। সেখানে কাম লীলার খেলা হয় অবিরত ইচ্ছানুযায়ী, বাদশাহী অনুমোদিত । চারিদিক দিয়ে ঘেরা রুপ নগর রাজ্য । যেন সবটাই পার্কের মতো । সেখানে কেউ গরীব নেই, অসুখী নেই । তবে কামতৃপ্তি ব্যতিত সেখানে সবই কিছুই আছে সব কিছুতেই সুখী সেখানকার মানুষ । সেবার সেরা রাজকন্যা । যেমন দেখতে তেমন গুণ ও কামময়ী । বয়স হয়েছে সবে মাত্র ষোলো । সে যেমন তেমন পুরুষ নেবে না । সে পুরুষ নেবে কামলীলায় একেবারে পারদর্শী । সে দেখতে কালো হোক বা তাঁর থেকে আরও কুৎসিত বা খারাপ, তাতে রাজ কন্যার কিছু যায় আসে না । এমন কি তাতে বাদশাহেরও অনুমতি আছে । কিন্তু রুপ রাজ্যে যদি পৌঁছে যায় তাহলে বাশার আল আসাদের আর্থিক মৃত্যু ।

বাশার আল আসাদকে জয়নব ডাক দিয়ে বলে, কি হলো আসুন। ভঁয় লাগছে নাকি । না না ভঁয় লাগবে কেন , আমি চোর না ডাকাত । সেতো অবশ্যই । আসুন ঘরে এসে বসুন । বাশার আল আসাদ মনে মনে ভঁয় পেলেও মুখে হাসি হাসি ভাব নিয়ে ঘরে প্রবেশ করলো, এবং জয়নব নামক মেয়েটি তাঁকে একটি সোফায় বসতে দিলেন এবং বল্লেন । আপনি একটু বসুন আমি পোশাকটা ছেড়ে আসি । জয়নব মেয়েটি কালো বোরখা নামক একটি পোশাক পরিধান করেছিল সমস্ত শরীরে, শুধুমাত্র মুখখানা বাদে । মুখখানা অতিব সুন্দর ও

হাসিচ্ছল মিষ্টিময় মুখ, যা দেখে প্রায় সবারই মন ভরে যাবার কথা। সে একটি ভিতরের ঘরে চলে গেল পোশাক পালটে আসতে, আর বাশার আল বসে থাকলো মেয়েটির আসার অপেক্ষায়।

মেয়েটি অর্থাৎ যখন কিছুক্ষন পরে বাইরে গলা খ্যাকারি দিয়ে হাতে জুসের পেয়ালা নিয়ে প্রবেশ করছে বাশার আল আসাদের দিকে, তখন বাশার আল আসাদ তো একেবারে আশ্চর্য্য বিশ্ময়কর হতভম্ব হয়ে গেল এবং সে তাঁর দিকে একভাবে তাঁকিয়ে থাকতে লাগলো, কোনোকিছু বলার জন্য মুখের কোনো কথা বা ঠোঁঠ দুটি আর না যেন নড়ছে না, যেন তালা বন্ধ হয়ে গেছে। সে একি দেখছে, এ যেন এক রুপের ডানাকাটা পরি বললেই ভুল হবে।

শরীরখানা মধ্যমা আকৃতি প্রকৃতির, না পাতলা না স্বাস্থ্যবান। একেবারে ফিটিংস। ফর্সা ধবধবে চেহারা। হালকা লম্বাটে মুখ না হলে একটু লম্বাটে সহ গোলাকার। চোখদুটি যেন টানাটানা এবং নাকটি ঠিক যেন টিয়া পাখির মতো হালকা টিকালো। মেদহীন শরীর। মাথার চুল একেবারে ছেড়ে দিয়েছে, তা একদম হাটু পেরিয়ে গেছে। পরনে রয়েছে পাতলা ধরণের হলুদ রঙের এক কামময়ী পোশাকে প্রবেশ করে এগিয়ে আসলো বাশার আল আসাদের দিকে। জুস বা সরাবের পেয়ালাটা জয়নব নিচু হয়ে তাঁর কাছে তুলে দিতে গিয়ে সে ধরেই নাছে, বাশার আল আসাদ নিচ্ছে না, কেন না সে জয়নবের দিকেই তাঁকিয়ে আছে। জয়নব ডাক দিয়ে বললেন, জনাব সরাব নিন। সে থতমত খেয়ে সে বলল

হ্যাঁ হ্যাঁ। সরাবের পেয়ালাটা হাতে নিয়েই এক চুমুকে গলায় চলে গেল, অবশ্য সরাব খাওয়া তাঁদের অভ্যাস আছে সকলের। সরাব খেলে নাকি শরীরে জোর আসে এবং কামনার জ্বালা আসে। নারী চাহিদা আসে।

চতুর্থ পরিচ্ছদ

জয়নবের পোশাক পরিচ্ছদ পরিধানের পদ্ধতি দেখে বাশার আল আসাদ মুগ্ধ হয়ে চেয়ে রয়েছে। অন্যদিকে বাশার আল আসাদের কামের দেশের পুরুষ উত্তেজিত হচ্ছে। এবং তা প্রায় বেড়েই চলেছে। মুখের আকৃতি দেখে কামময়ী নারী বুঝে গেল তাঁর মনের কথা, সে বুঝবে না তো কে বুঝবে শুনি। সে তো সেই পদ্ধতির মানুষ। বাশার আল আসাদ তো জানে যে, সে একজন পেশাগত পুরুষকামী। জয়নব আর কোনোদিকে না তাঁকিয়ে না ভেবে বাশার আল আসাদকে ধীরে ধীরে নিয়ে গিয়ে একটি অন্য কক্ষে নিয়ে গিয়ে খাটে শুয়ে দিল। কিছুটা নেশাগ্রস্থ অবস্থায় ছিল, অবশ্য সম্পুর্ণ নেশাগ্রস্থ ছিল না। জয়নব সরাবের সঙ্গেই মিশিয়েছিল নেশাদ্রব্য কামময়ী জ্বালা বাড়ানোর ঔষধ, যা বাশার আল আসাদ কে অতি শিঘ্রই কামের জ্বালায় ছটপট করে, আর এখন সেটা যে শুরু হয়ে গেছে তা বুঝতে জয়নবের তেমন একটা অসুবিধে হচ্ছে না। কারণ সে যে একজন পেশাগত কামময়ী নারী, যা থেকে জীবন যাত্রা পরিচালিত হয়ে থাকে, সবার মতো যেমন তেমন খদ্দের নয়। তাঁর মনে যাকে ধরে শুধুমাত্র তাঁকেই সে বিক্রয় করে তাঁর যৌন খাদ্য। বাশার আল আসাদ সে শহরে

নিয়ম কানুন তেমন একটা জানে না, বা এখানে যে যৌনলীলা সরকার কর্তৃক অপরাধ মুক্ত । দুজনের সম্মতিক্রমে যৌন কর্ম সেদেশে বৈধ্য। বাশার আল আসাদের চোখ দুটি পুরো রক্তবর্ণ হয়ে গেছে মনে হচ্ছে। তখনই জয়নব তাঁর কাছে গিয়ে পোশাক পরিচ্ছদ খুলে যৌন নিবারণের কথা প্রকাশ করলো । বাশাল তো এসব কথা শুনেই হতবাক, কেননা এমন ঘটনা ঘটবে তাঁর জীবনে সে তা কখনো ভাবতেই পারেনি । বাশার আল আসাদ তখন একটা কথাই প্রকাশ করে বলল যে, আপনি তাহলে একজন পেশাগতভাবে, বলতে গিয়ে সে থমকে গেল । তখনই জয়নব বলেই উঠলো হ্যাঁ আমি একজন যৌনকর্মী । আপনাকে আমার পছন্দ হয়েছে তাই নিয়ে এসেছি, যদি আপনার আমাকে আপনার পছন্দ না হয় তাহলে আপনি ত্যাগ করতে পারেন । তখন সে বলল আরে না না তা হবে কেন, আমি কি আপনাকে বলেছি নাকি যে আপনি খারাপ বা ত্যাগ করছি । আপনাকে প্রথমেই দেখেই আমার ভালো লেগেছে, কিন্তু আমি ভাবতেই পারিনি যে আপনি যে এই ধরণের কাজে লিপ্ত আছেন। আমি কেন এই শহরের প্রায় অনেক নারীই এই কাজে লিপ্ত। আর আপনাকে তো পেলে কেউই ছাড়তে চাইবেই না, এমন কি উজির কন্যা বা বাদশাহ কন্যা ছাড়বে না । আমার জীবনে আপনার মতো একজন পুরুষ এই দেশে এখনো দেখিনি । কি বলেন আপনি । কথা বলাবলি চলছিল, তখন ঘড়ির কাঁটা বেঁজে চলেছে প্রায় সন্ধ্যা ছয়টা বেঁজে পাঁচ । তখন তাঁরা নানান গল্প গুজব করার পরে যৌনলীলা লিপ্ত হয়ে ঘণ্টা খানেক কাটিয়ে দিল । খাওয়া দাওয়া মৌজ করলো, জীবন ধন্য

হয়ে গেল জয়নবের, কারণ বর্তমান সেদেশের প্রায় সকল পুরুষ পাঁচ সাত মিনিট এর থেকে বেশি যৌন খেলায় নিজেদের বেঁচে থাকতে পারে না। আর বাশার আল আসাদ ঘণ্টা পারাপার করে দিয়েছে। যেমন দেখতে সুন্দর ও সুঠাম শরীর দেহ ছিল তেমনিই সেক্স ক্ষমতা। এক ঘণ্টার যৌন খেলায় জয়নবের কাম রস তিন থেকে চারবার এসেছে, যা যৌন তৃপ্তির এক বাস্তব নিদর্শন। জয়নব জীবনে খুবই সুখী আজকে, তাঁর চোখে মুখে এক অন্যান্য আনন্দের ছাপ প্রকাশ্যে পাওয়া যাচ্ছে এবং বাশার আল আসাদের যৌনলীলার সমস্ত অর্থ মুক্ত করে দিল, এবং সে যখন খুশি তখন আসতে পারে, তাঁর কাছে সে একটা টাকাও নেবে না বরং তাঁকে সমস্ত দিক থেকে সাহায্য সহযোগিতা করবে বলে বিশ্বাস করবে। বাশারভ আল আসাদ সেখান থেকে এবার বিদায় নিতে চাচ্ছে, কিন্তু জয়নবের চোখে হালকা মৃদু জল আসছে তা নিজে চোখেই বুঝতে পারলো বাশার আল আসাদ। একদিনেই সে কি তাহলে তাঁকে ভালোবেসে ফেলল না আবার বিদেশী বলে অভিনয় করছে তা সে কিছুই বুঝতে পারছে না। যাইহোক সে সেখান থেকে বিদায় নিয়ে প্রধান রাস্তায় এসে চাচা বণিক আবু তালিবের কাছে যাওয়ার কথা ছিল, কিন্তু সে আর ওসব বাদ দিয়ে নিজের মনের আনন্দে বাড়ির দিকে রওনা দিল। চাচা আবু তালিব প্রায় বাশার আল আসাদের বাড়ির রাস্তায় আসার পথ প্রায় তিনভাগ এগিয়ে চলে এসেছে, হয়তো আর কিছুক্ষনের মধ্যেই তা বাড়িতে প্রবেশ করে যেতে পারে বলে সম্ভবনা পাচ্ছে আবু তালিব। বাশার আল আসাদ বাড়িতে এসে স্নান সেরে বাইরের উঠানে পুরানো একটা

কাঠের চেয়ারে মনের আনন্দে গুংুন করে গান গাইছে। এমন সময় চাচা আবু তালিব এসে পৌঁছালো।

উজির কন্যার একমাত্র বিশ্বস্ত সখী ও দাসী হল রুমেলা বিনতে উয়াইরিশ। সে এক তাঁর নিজের বাড়িতে পায়চারি করতে করতে খাটের কোনায় ধাক্কা লেগে খাম হয়ে গেল । তা নিয়ে বড়ই ব্যথা। হেকিমের কাছে না গেলেই নয়। ছুটতে ছুটতে কিছুটা কাছেই এক মধ্যমা বয়সী মহিলা কবিরাজের কাছে গিয়ে চিকিৎসা করালো। তখন সেই মহিলা কবিরাজ জিজ্ঞেস করলো যে, এটা কিভাবে হল। তখন রুমেলা হাতে হাতে শপথ করিয়ে নিয়ে বলল, কিসের জন্য সে পায়চারি করতে করতে গিয়ে খাম হয়েছে। তখন বুড়ি বলে এই ব্যাপার এই সমস্যার সমাধান আমার কাছে অতি সহজ, কিন্তু তাতে একটু সময় লাগবে আর বলে থমলে গিয়ে কিছু বলল না, তখন রুমেলা দাসী বলে উঠলো, আমি বুঝে গেছি আপনি কি বলতে চাইছেন। সে পেয়ে যাবেন। তখন বুড়ি বলল না মানে যদি অগ্রিম কিছু পাওয়া যেত তাহলে কাজ করতে ভালো হয়। ঠিক আছে তাই তুমি পাবে। আমি আগামীকাল নুজের কাছ থেকে কিছু অগ্রিম এনে দেব। কিন্তু কবিরাজ খুব সাবধান এই কথা যেন কেউ ঘুনাক্ষরে জানতে না পারে তাহলে তোমার অবস্থা কোথায় যাবে তা ভালো ভাবেই বুঝে নিও। ঠিক আছে ঠিক আছে, তাই হবে। তোমরা নিশ্চিন্ত থাকতে পারো, কথা দিলাম।

আবু তালিব বাশার আল আসাদের বাড়িতে এসে পৌঁছালো, তখনই বাশার আল আসাদ বলে উঠলো, চাচাজান কি ব্যাপার। এত রাত্রে কৌনো কিছু কিছু কি

ঘটছে নাকি। না বেটা অনেক কয়দিন খোঁজ খবর নেওয়া হয় নাই, আর মনটা যেন কেমন কেমন লাগছিল। তাতে আবার নতুন শহর নতুন ব্যবসার অভিজ্ঞতা। কেমন চলছে। আবার কোনো কিছু হল না তো এইসব নানান চিন্তা মনের মধ্যে বিরাজ করছিল, তাই ব্যাবসা বন্ধ করেই বাড়ি হয়ে তোমার কাছে আসলাম। তা বেটা খবর কেমন। চাচাজান আমি আলহামদুলিল্লাহ। আপনি ও আমার সঙ্গীগন কেমন আছে। আলহামদুলিল্লাহ আমরা সকলেই ভালোই আছি। তা আসুন বাড়ির ভিতরে। এই বলে চাচা আবু তালিব কে ঘরের ভিতরে নিয়ে গিয়ে খাটে বসালো এবং লেবু সহ মিষ্টি জল খেতে দিয়ে বলল, চাচাজান আজ এখানে কিন্তু থাকতে হবে এটা আমার আর্জি। আচ্ছা ঠিক।দুজনে দুজনে বসে বসে গল্প গুজব করতে করতে চাচা আবু তালিব বলে উঠলো, বেটা এই শহরে একটু সাবধানে সতর্কের সঙ্গে থাকবে। কেন না এটা এমন এক দেশ তোমাকে কাম প্রবৃত্তি দিয়ে অক্ষম করে অর্থ শূন্য করে দেবে। না চাচা ওসবের ধারের কাছে আমি কখনো যায় নি আর ভবিষ্যতে যাবও না। সাবাশ সাবাশ বেটা এই তো চাই। সব সময় মনে রাখবে আমরা এদেশে ব্যবসা করতে এসেছি আমাদের একমাত্র উদ্দেশ্য হল উপার্জন করা। সেটা যেন লক্ষভ্রষ্ট না হয়। বাশার আল আসাদ মাথা নত করে, নম্র ভদ্র স্বরে চাভার কথায় সহমত পোষণ করলো।

পঞ্চম পরিচ্ছেদ

বাশার আল আসাদ জানে না যে, এই শহরের পাশেই দেশের বড় শহর বা রাজধানী। রাজধানীর নাম হল রুপনগর। সেখানে রাজা রানীর দ্বারা পরিচালিত হয় সমগ্র দেশ। এক কথায় রাজতন্ত্র। সুদান দেশের একই নিয়ম হয়েই চলে আসছে সেই অনেক কাল থেকে। সুদান দেশ মুসলিম হলেও তেমন একটা মুসলিম বলা যায় না, এখানে সেই পুরানো যুগের রীতিনীতিই পড়ে রয়েছে। রাজা রানী দাস দাসী গোলাম কেনা বেচা সুদ ঘুষ মদ মাতাল যৌনতা সবই সম্পূর্ণ স্বাধীনতায় আছে। কিন্তু সবকিছু বাশার আল আসাদ জানে না, তবে সে তেমন কোথাও একটা না যাওয়ার ফলে অতোসতো বোঝে না, তাছাড়া সে তাঁর ব্যবসা নিয়েই পড়ে থাকে। তবুও আজকাল অনেক মেয়েদের সঙ্গে গল্পে মেতে উঠছে। তাঁর মনে কি মতলব বাছে কে জানে। এমন সময় একদল বণিক আসলো এবং আসাদ কে বলল, বাবাজী তোমার দোকানে কিছু সওদা করতে চাই। বাশার আল আসাদ নিজে এসে মাথা নত করে তিন তিনবার সেলাম ঠুকে অভ্যর্থনা জানিয়ে দোকানে প্রবেশ বকরালেন। এবং বললেন জনাব আপনাদের কি সেবা করতে পারি দয়া করে কি বলবেন, হ্যাঁ নিশ্চয় জনাব। বণিকরা দলে

মাত্র তিনজন আছেন, কাছে তেমন একটা কিছু নেই, মাত্র কাঁধে একটা ঝোলা এবং মাথায় ঢাঁকি। তাতে কিছু মালপত্র আছে, বোঝা গেছে। বাশার আল আসাদ খেয়াল করলো যে, তাঁদের মুখে তেমন কিছু একটা পড়েনি মনে হচ্ছে আজ বা খায় নি। তাই চট জলদি কিছু খেজুর ও হালুয়া সহ জল এনে দিলো। এবং বলল, জনাব এগুলি আপনারা খেলে আমি অন্তত খুশি হব এবং নিজেকে বড়ই ভাগ্যবান মনে করব। বণিনকা সেগুলি নিয়ে খাওয়ার পর ঢকঢক করে জল খেয়ে বলল, বাঁচালে বাবাজী। আমরা খিদের চোটে পাগল হয়ে যাওয়ার উপক্রম হয়েছিল, কিন্তু টাকা থাকা সত্ত্বেও আমরা খেতে পারিনি, শুধুমাত্র মাল কিনব বলে। কেন জনাব আপনাদের কি হয়েছিল। যে টাকা থাকার ফলেও কিছু খেতে পারেন নি। তাহলে শোনো আমাদের কাহিনী .....।

আমরা সেই মিশিয়া দেশের বাসিন্দা। আমরা বেশ ভালোই ছিলাম। এদেশে সেদেশে ব্যবসা করি। বেশ সুখেই ছিলাম। তিন বন্ধুর কেহই কমতি নেই ধন সম্পত্তির, কিন্তু তা থেকে আজ আমরা বড়ই কাঙ্গাল বাবা। আমরা এক সময় একটি দেশে ব্যবসা করে ফিরছিলাম, পথে একদল বণিকের সঙ্গে দেখা হয়। ওরা সেখানে তাবু ফেলেছিল এবং পাশাপাশি আমরাও আমরা বেরিয়েছি জিজিয়া দেশের উদ্দেশ্য সেখানে নাকি ভালো ব্যবসা বানিজ্য হয়। তিন বন্ধুর মালধন ও টাকা কম নিয়ে আসিনি। কিন্তু আমাদের ভাগ্য খুবই খারাপ ও অপ্রসন্ন। আমরা ভাবলাম বণিকদের সঙ্গে আমাদের দেখা করা উচিৎ। কথা বলা দরকার এবং সেরকম যদি

কোনো ভালো মাল পাওয়া যায় ওখানেই কিছু সওদা করে নেব বা আমাদের মাল ওদের পছন্দ হয়ে যেতে পারে। তাই আমরা তিন বন্ধু উনাদের তাবুতে গিয়ে সালাম পেশ করলাম এবং বল্লাম জনাব আমরা মিশিয়া দেশের মানুষ। এখানে তাবু খাটিয়েছি। উনারাও আমাদেরকে পেয়ে অভ্যর্থনা জানিয়ে নিজেদের তাবুতে নিয়ে গেলেন এবং সঙ্গে সঙ্গে আমাদেরকে এক প্রকার তরল জাতীয় সুমিষ্ট পানি পান করালেন এসে ব্যবসাপত্র ভালো ভাবেই চলতে লাগলো। শহরের মধ্যেই বেশ পরিচিত হয়ে গেলাম। নামধাম বেড়ে গেল এক বছরের মধ্যে। কিন্তু এই নাম বেশি দিন আর টিকলো না। তখন বাশার আল বলে কেন, । তাহলে শোনো, এই যে একে দেখছো এর নাম হারুন এর জন্যিই সবকিছু আমাদের হারাতে হয়েছে, এখন আমরা পথের ভিকারি । আমাদের দোকানে একজন যুবতী সুন্দরী কামময়ী অবিবাহিত নারী নানান জিনিস কিনতে আসত এবং বিক্রয় করতে আসতো । মাঝা খানা একদম আঠাশ ইঞ্চি কি সুন্দর সুডৌল মাঝা বুকের স্তনটা এমন এক পর্বত এবং মোটা যা দেখে আমাদের কারো জ্ঞান থাকে না। চুল একদম হাঁটু পর্যন্ত ঝুলে থাকে। ফর্সা ধব্ধবে মেদহীন শরীর নাকটি টিকালো। মুখখানা বেশ হালকা লম্বাটে হওয়ায় একদম মনে হয় সেক্সের দেবী, কিন্তু কি করব বলো অমন মেয়ে দেখে কি কারো মন ভালো লাগে। লাগে না । হারুন মাঝে মধ্যে একটা একটা করে কথা বলতে থাকে, আর গল্প গুজব করে এবং আমরা বেশ দেখতে পাই যে তাঁরা দুজনে বেশ ভালোই আছে । মনে হয় দুজনে প্রেমে পড়ে গিয়েছে, সেখানে তো আমরা কিছু

করতে পারি না। কিন্তু এই গল্প গুজব থেকেই বুঝতে পারা যায় যে সে একজন পেশাগত পতিতা। সে দেশে এসব নাকি আইন বিরোধী নয়, কারণ স্বেচ্ছায় কে কি খাবে পরবে না পরবে তাঁর ব্যক্তিগত ব্যাপার, এতে এখানকার সুলতান বৈধ মনে করেন, যদিও মুসলিম দেশ সংখ্যা গরিষ্ঠ অনুযায়ী। মাঝেমধ্যে হারুনকে তাঁর প্রাসাদে আমন্ত্রন জানায় কিন্তু আমাদের বারণের কারণে সে যেতে পারে না। একদিন হারুনকে দোকানে রেখে আমরা পাইকারি দোকানে মাল কেনার জন্য গিয়েছিলাম কিন্তু সেখানেই সমস্যা বাঁধালো হারুন। লিজা নামক মেয়েটির বাড়িতে অতিথি হিসাবে গিয়েছিল এবং তা আমরা ভালোভাবেই বুঝতে পারলাম, কেননা প্রায় দোকান ঘন্টা তিনেক বন্ধ ছিল, এমন কি যে বাড়ি ভাড়া নিয়ে থাকতাম সেখানেও নেই। তখনই আমরা বুঝে গেলাম যে নিশ্চয় লিজার বাড়িতে গিয়েছে। সেখান না খুলেই সরারসরি বাড়িতে ঢুকে গেল, তখন আমরা আমাদের বাড়িতে সবে খেতে বসেছি। আমরা গিঞ্জেস করতেই বলে বেড়াতে গিয়েছিলাম লিজার বাড়িতে। আমরা বেশ বাহবা দিলাম। তারপর আমাদের সে সমস্ত ঘটনা খুলে খুলে বলল ম, যে সে একজন পেশাগত যৌনকর্মী। আর তাঁর কাছে যা শুনে বুঝলাম তা আমাদের না গেলেই নয়। তাই আমরাও যাওয়ার সিদ্ধান্ত নিলাম। এবার আমি (ইসমাইল বা গল্পের চরিত্র) এবং রসিদ যাওয়ার কথা বললাম, কিন্তু লিজা তা অস্বিকার করলো এবং বলল একজন একজন করে প্রতিদিন আসতে পারবে। একসঙ্গে দুজন বা সবাই নয়, তাতে সমস্যা বাড়তে পারে, মজা নষ্ট হয় আমার। আমার

ভালো লাগে না । বরং একজন একজন করে যাবেন আপনাদের স্পেশাল গেস্ট হিসাবে আভর্থনা জানাব । ইসমাইল হল ওদের দলপতি, সে হিসাবে তিনিই সর্ব প্রথমে আগে যাবেন । রসিদ তারপরে যাবে । সেই কথা মত আমি চলে গেলাম লিজার বাড়িতে । কিন্তু এ তো বাড়ি নয় যেন এক রাজ প্রাসাদ । বাড়ির চারিদিকে বড় বড় সুপুরি গাছের সারি । তারপর খয়েরি রঙের বিশাল উঁচু পাঁচিল যা টপকানো বড়ই কঠিন । সামনে রক্ষি দাঁড়িয়ে আছে, প্রধান ফটকে, রক্ষি যেতেই আমাকে হাতে পায়ে তাঁর খটাখট বারি দিয়ে স্যালুট দিয়ে সিগ্ন্যাল দিয়ে বুঝিয়ে দিল এবং মুখে বল্লেন যে, ওয়েলকাম স্যার । আপনাকে স্বাগত । প্রাসাদের ভিতরে প্রবেশ করতেই দেখা গেল বিশাল মুরুদ্যানের মত ফাঁকা খেলার মাঠের মত উদ্যান । সেই উদ্যানের মধ্যে এক প্রকাণ্ড সু বিশাল জলের ফোয়ারা আছে এবং তা সুন্দর কারুকার্য করা যা বাদশাহদের রাজ প্রাসাদকেও হার মানাবে । সেখানে ক য়েক খানা টেবিল চেয়ার ও উন্নত মানের খড়ের নাতিশীতষ্ণ ছাউনির চালা আছে । বেশ আরাম দায়ক হবে হয়ত । এই ভাবে ইসমাইল হাটতে হাটতে প্রাসের কাছে এসে চোখ ঝ লসে যাচ্ছে প্রাসাদের নানান কারুকার্যতা দেখে, মহূর্তের মধ্যেই মনে হচ্ছে । এ কি করে সন্মভ লিজা কখনই পতিতা হতে পারে না । এত ধনী পরিবারের মালিক সে, কিভাবে বুঝে উঠতে পারছে সে । প্রাসাদের মধ্যে দিয়ে লাল কার্পেট দিয়ে রাজ মহলের মধ্যে দিয়ে রাস্তার নিদর্শন দেওয়া আছে, যঙ্কাতে করে লিজার কক্ষে পৌঁছাতে পারে ।

ষষ্ঠ পরিচ্ছদ

একজন ব্যাক্তি বলল এবং নির্দেশ দিল, লিজা মালিক আপনার জন্য অপেক্ষায় আছে। অবশ্য অভিবাদন জানিয়ে। ইসমাইল গিয়ে প্রবেশ করল লিজার কক্ষে। লিজা বসে আছে কাঠের কারুকার্য করা পালঙ্কে। পা দুটি অর্ধ উলঙ্গ। ছোট পোশাক পড়ে হালকা হালকা সাদা রংয়ের ফ্যান্সি পোশাক যা দিয়ে দেখা যাচ্ছে শরীরের সমস্ত অঙ্গ। চিরকুমারী মাখন যা একজন যৌন পুরুষের কাছে মাখন এর মত। লিজা সম্মানের সাহায্যে তাকে অভিবাদন জানিয়ে দুই হাত ধরে নিয়ে এসে খাটে বসালো এবং হাতের তালুর বিপরীত দিকে ছোট্ট একটা কিস করলো। তারপর সে দুই হাত দিয়ে তালি দিল এবং তালির সঙ্গে সঙ্গে এক ঠেলা গাড়িতে খাদ্য খাবার ফল মূল মদ রঙিন জল নিয়ে এসে হাজির করল একজন পরিচালিকা। ঠেলা গাড়িতে মেয়েটি মানে পরিচালিকা দিয়ে চলে গেল।

লিজা ফল মূল টুকরো টুকরো করে কেটে পাত্রে চীনা মায়ির পাত্রে খেতে দিল ইসমাইলকে। তারপর ইসমাইলের জন্য মদ ঢালতে শুরু করছে, তখন ইসমাইল বলে উঠলো, না না আমি ওসব ছাইপাস খাই না। লিজা হাসতে হাসতে নিজের জন্য কাপে ঢেলে নিয়ে

খেতে শুরু করে দিল। এক সময় দুজনের খাওয়া সমাপ্ত। তখন লিজা নিজেই দরজা বন্ধ করে দিয়ে ইসমাইলের কিছু বলে ওঠার আগেই লিজা তাঁর নিজস্ব শরীরের সমস্ত পোশাক পরিচ্ছদ খুলে ফেলে দিলো খাটের মাঝে। এবং সে উলঙ্গ অবস্থাতে নৃত্য করতে শুরু করে দিল, তখন আমি কি আর বলবো তখন মনে হচ্ছে স্বর্গের হুর বা রূপের দেবী নেমে এসে নিত্য করছে। তা নিজের চোখে দেখেই পারছি না তখন হঠাৎ খেয়াল হল নিজের পুরুষাঙ্গটা আর সাধারণ নেই লিজার নৃত্যের সঙ্গে স্তনের নাচনের তালে তালে নেচে নেচে উঠেছে বুঝতেই পারেনি। কখন যে কাম রস খসেছে লিঙ্গের মাথা হতে তা বোঝা হয়ে গেল।

ইসমাইলে লিজার কাছে যাওয়ার অবস্থাই করতে পারছে না। পারবে কেমন করে শুনি। সে তো নতুন এটা সেটা বলছে কিন্তু কিছু করতে পারছে না। কিন্তু লিজার তো কোন প্রকার অসুবিধা নেই তাই সে এক পা এক পা করে এগোচ্ছে ইসমাইলের দিকে। একটা কথা বলা হয়ে ওঠেনি লিজা ধর্মে খ্রিস্টান তাই তার ধর্মের দিক থেকে কোন প্রকার মানদণ্ড নেই কিন্তু ইসমাইলের ধর্মে মানদণ্ডের বিধি-বিধান রয়েছে। লিজা অবাধ যৌন ব্যভিচার করলেও ইসমাইল তা পারে না কারণ সে ধর্মের আইনে বাধা প্রাপ্ত কিন্তু লিজা নয়। আইন যতই কঠিন হোক না কেন তাই বলে কি যৌন উত্তেজনা হাতের কাছে স্বর্গ পেয়ে ছেড়ে দিতে কি কেউ চাই। কখনোই চাই না। তাই ইসমাইলের মনের ভেতর খচখচ করছে কিন্তু লিজা ঠোঁটে ঠোঁট মিলিয়ে দিয়ে চুমু করতে লাগলো এবং একই সঙ্গে এক একটা করে জামার বোতাম খুলছে

এইভাবে আমরা প্রতিদিন বা মাঝেমধ্যে লিজার প্রাসাদে যেতে থাকি আর আমাদের নানান উপঢৌকন দিতে হতো।ধীরে ধীরে ব্যবসায় মন বসে না । ভালো লাগে না। এমন মনে হতো দোকানে আগামীকাল যাব ইত্যাদি ইত্যাদি। দোকানে যাওয়া বন্ধ হতে লাগলো। অর্থ কমে যায়। মাল কমে যায়।শেষমেষ বাড়ি ভাড়া দিতে না পেরে রাস্তায় নেমেছি।ভাবছি কিছু মালপত্র ধার বা কিনে বিক্রয় করে বেড়াবো। এখন যদি আপনি মাল কিছু দেন, তবে ভালো হয়। তখন সমস্ত ঘটনা শুনে তাদের সান্তনা দেয় এবং বলে আমি আপনাকে মাল দেবো তবে, প্রতিদিন বেচাকেনা করে আমার টাকা দিয়ে দিতে হবে, এবং তাতে আমার কোন অমত নেই। ওরাও সম্মতি জানাই। এমন সময় দুজন ফৌজদারী পেয়াদা এসে হাজির হলো বাশার আল আসাদের দোকানে। বাশার আল আসাদ অবাক হয়ে গেল। কি ব্যাপার আমার দোকানে হঠাৎ পেয়াদা। প্রহরীরা বললেন জনাব, উজির কন্যা তলব করেছে আপনাকে। এক্ষুনি চলুন। বাশার আল আসাদ এ কথা শুনে তো আকাশ থেকে পড়লো এ কি রে বাবা বিপদ। চেনা নেই জানা নেই বিপদের সংকেত। দোকান বন্ধ করে পেয়াদাদের সঙ্গে চলল। বাসার আল আসাদ ভয়ে ভয়ে বলল পেয়াদাদের কেন আমাকে ধরে নিয়ে যাচ্ছেন আমি কিছুই বুঝতে পারছি না কি ব্যাপার একটু বলুন না। একজন পেয়াদা বলে উঠল আমি জানিনা তবে উজির কন্যা তোমাকে ডেকেছেন এটাই বলতে পারব তাছাড়া কিছু জানি না। বাসার আল আসাদ তখন বললেন উজির কন্যা আমাকে কেন ডাকবেন উনার কি ক্ষতি করেছি। পেয়াদারা

বললেন জানিনা আমাদেরকে নিয়ে যেতে বলেছে তাই নিয়ে যাচ্ছি এইমাত্র। বাসার আল আসাদ ভয়ে ভয়ে কথা বলছে। কিছুক্ষণ পর উজির কন্যার প্রাসাদে করলেন আসাদ সহ সমস্ত পিয়াদা। রক্ষীরা উজির কন্যার কক্ষে নত হয়ে বললেন আমরা বাসার আল আসাদকে ধরে নিয়ে এসেছি। তখন উজির কন্যা বললেন রক্ষীদের তোমরা বাসার আল আসাদকে সম্মানের সঙ্গে এনেছো তো। রক্ষীরা বলল হ্যাঁ। রক্ষীরা চলে গেল বাসার আল আসাদ প্রবেশ করে উজির কন্যার ঘরে। আশার আল আসাদ নত হয়ে উজির কন্যাকে বলেন, মার্জনা করবেন মালিক। যদি কিছু মনে না করেন, তবে জানতে চাইতেছিলাম যে আমার অপরাধ কি। উজির কন্যা নিশ্চুপ। কিছুক্ষণ পরে বলে উঠলেন, তোমার অপরাধ হলো তোমার রূপ যৌবন। আমি এতই তোমার রূপে যৌবনে পাগল হয়েছি যে নিজেকে আর সামলাতে পারছি না। তখন বাসার আল আসাদ বলে উঠলো, আমি যে আপনার সামান্য প্রজা মাত্র। আমি আপনার এলাকায় একজন সামান্য ব্যবসায়ী। উজির কন্যা সায়রা বল্লেন, আমি জানি। কিচ্ছুক্ষের মধ্যেই একজন পরিচারিকা অনুমতি নিয়ে খাবারের নানান সম্ভার সাঁজিয়ে দিয়ে গেল ঠেলা গাড়িতে। সায়রা বানু অর্থাৎ উজির কন্যা বল্লেন, আসুন বসুন আহার করুন। বাশার আল আসাদ একভাবে দাঁড়িয়ে আছে একটি সোফার কাছে। উজির কন্যা বাশার আল আসাদের হাতটি ফট করে টান দিয়ে সোফায় বসিয়ে বল্লেন, বসতেও ভঁয় করছে বুঝি। ভঁয়ের কোনো কারণ নেই। আমি খারাপ মেয়ে নয়। না তা আমি ভাবছি না, তবে কি ভাবছেন

আপনি। না ভাবছিলামা একজন উজির কন্যা হউএ আমার মত একজন সাধারণ ছেলেকে ভালোবাসার প্রস্তাব দিচ্ছেন। এটা কেমন লাগছে। কিন্তু আপনি যা খুশি তাই বলুন আপনার এ আশা আমি পূরণ করতে পারব না কখনই। আমি একজন সামান্য ব্যবসায়ী মাত্র। আমার ব্যবসা করাই প্রধাণ উদ্দেশ্য। দয়া করে আমাকে এসব বাজে কাজে জড়াবেন না। আমি একা থাকতে চাই। মায়ের মতে বিবাহ করতে চাই, ব্যাস আর কিছু না।উজির কন্যা চালাকির ছলে বলে, থাক না ওসব কথা। আমরা দুজন বন্ধুও তো হতে পারি তাই না। তা পারা যায়। তবে আমি সামান্য বলতে যাচ্ছে, ঠিক তখনই উজির কন্যা বাশারের মুখে হাত দিয়ে চুপ করিয়ে দেয় এবং বলে সেসব কথা পরে হবে।এখন নাস্তা হোক কেমন। বাশার আল আসাদ নাস্তা খাচ্ছে আর সায়রা তা একমনে দেখছে তাঁর রুপ জৌলুষ। ওয়াও কি সুন্দর চেহারার গঠন। কোথায় ছিল এই ছেলে। যেভাবেই হোক আমাকে পেতেই হবে নাহলে আমি বাঁচব না। এমন সময় সায়রার সখীরা আসে এবং বলে কি ব্যাপার সখী, ডুবে ডুবে জল খাওয়া হচ্ছে বুঝে। এই কথা বলতেই বাশার আল আসাদ একটা বিষম খেয়ে খুবই লজ্জা পেল। এবং মাথা নত করে বসে থাকলো। তখন সখীরা বলল ভাইয়া অতো লজ্জার কিছু নয় নতুন নতুন এমনই হয় প্রেম করতে গেলে, যদি আবার ধরা পড়ে যায়। বাশার তখন বলে আপনারা যা ভাবছেন তা কিন্তু নয়, বলে মাথা নত করে সবাইকে কুর্ণিশ জানিয়ে আমি আসি বলে চলে আসে বাড়িতে।

সপ্তম পরিচ্ছদ

দোকানের সামনের রাস্তা দিয়ে সাদা সাদা ঘোড়াতে চড়ে মুখে বাঁশি দিয়ে সাবধান বাণী দিয়ে চলেছে দুজন রাজ কর্মচারী। কেন না রাজ কন্যা আলিসা আসবে। তাই এক ঘণ্টা থেকে রাস্তা ও শহরের মানুষকে এলার্ট সতর্ক করে দিচ্ছে। রাজকন্যা নগর ভ্রমণ করবেন, তাঁর ইচ্ছা হয়েছে। কিন্তু রাজকন্যাকে দেখা রাজকীয় অপরাধ, কিন্তু তিনি যার সঙ্গে দেখা করবেন তিনি ব্যতীত। তাই শহরের দোকান পাট বন্ধ করে দিচ্ছে, এমন সময় বাশার দোকানের ভিতর বসে ভাত খাচ্ছে। সে দেশের নিয়ম নীতি জানে না। সেই সময় রাজকীয় আয়োজনে রাজকন্যা এসে দেখছে সমস্ত দোকান বন্ধ করে দোকানীরা ভিতরে বসে আছে। কিন্তু এই দোকানটা খোলা কেন। কেন আদেশ মানা হয় নাই। ধরে আনার আদেশ দিতেই নিয়ে যাওয়া হল রাজকন্যার সামনে। মাথা নত করে দাঁড়িয়ে আছে বাশার, রাজকন্যাকে দেখেনি। কয়েকটা ধমক বকুনি খেয়ে,নিম্নস্বরে বলল বাশার, আমি এই সহহরে নতুন নীয়ম নীতি জানি না। আমার বড় ভুল হয়ে গেছে। আমি খেতে বসেছিলাম। ঠিক আছে যাও বলে রাজকন্যা চলে গেলেন। তারপর বিভিন্ন দোকানীরা বাশারের দোকানে এসে ভীর করলেন

এবং কেউ কেউ বলতে লাগলেন আপনার কঠোর শাস্তি হবে জনাব। আপনি এখান থেকে পালান। রাজ আজ্ঞা পালন করেন নি। বাশার সবাইকে কাকুতি মিনুতি করে বলতে লাগলো এমনি কি কাঁদো কাঁদো হয়ে যে, আমি জানি না এখানকার নিয়ম নীতি। ভূল হয়ে গেছে। তখন কেউ কেউ বলল, এখানকার বাদশাহ বেশ ভালো। উনার কাছে সবকিছু খুলে বলুন। বাশার মন খারাপ করে দোকান বন্ধ করে বাড়ি গিয়ে না খেয়ে শুয়ে পড়লো। কি হবে বলে। এ ঘটনা চাচা আবু তালিব কে জানাতেই বলে ভঁয় করো না। যদি কিছু হয় তখন দেখা যাবে। তবুও মন খারাপ হয়ে গেল শান্তনা পাওয়ার পরেও, কেন না সবার মুখেই একই কথা। এইভাবে কিছুদিন কেটে গেল। বাশারও সব ভুলে গেল। আবার আগের মতো দোকান খুলে বেচাকেনা করতে লাগলো। মাঝেমধ্যে সায়রার আমন্ত্রণে উজিরের প্রাসাদে যায়। উজির কন্যা সহ সখীদের সঙ্গে মজা করে খোশ গল্প করে বেশ একটা বন্ধুর সম্পর্ক হয়ে গেল। বেশ বাশারেরও ভালো লাগতে লাগলো।

অনেকদিন হয়ে গেল, প্রায় ছয়মাস। নিজের দেশের কথা বাড়ির কথা মায়ের কথা ভাবতেই মনে কষ্ট হয়। একদিন রাত্রে মায়ের কথা মনে পড়তেই কেঁদে ফেলল। মায়ের জন্য মন তাঁর ব্যকুল হয়ে উঠেছে। বন্ধু বান্ধবের সঙ্গে কতদিন দেখা হয়নি। বাবার প্রতিশোধ নেওয়ার কথাও ভুলে গেছে বাশার আল আসাদ।চাচা আবু তালিবকে সে কথা জানালো, আবু তালিবও বল্লেন ঠিক আছে বাড়ি চলে যাও । একাদ মাস বাড়িতে কাটিয়ে আবার আসবে। এই কথা বলতে গিয়েও আবু তালিবেরও

মন পালটে গেল সেও বাড়ি ফিরবে। যেই না বলা তেমনি কাজ। এক সপ্তাহের মধ্যেই বাড়ির উদ্দেশ্যে যাত্রা। অবশেষে যাত্রা শেষে বাড়ি ফিরে মায়ের গলা ধরে কান্নায় ভেঙ্গে পড়লো। বাশারের মা ভালো ভালো খাবার তৈরি করে খাওয়াচ্ছে, এমন সময় নুজ এসে উপস্থিত হল। তখন খাচ্ছে বাশার, নুজ আসাতে বাশার কি খুশি। খেতে খেতে হাত ধরে টান দিয়ে খাবারের টেবিলে বসালো এবং একটি আপেল তুলে খাইয়ে দিয়ে হাসতে লাগলো। দূর থেকে বাশারের মা দুই আঙ্গুল দেখিয়ে হাসি দিয়ে বুঝিয়ে দেয় যে দুজনের বেশ মানিয়েছে। বাশারের মায়ের এই ব্যবহার নুজ চোখের কোন দিয়ে দেখে নেয় এবং তা বুঝতে পেরে মিচকি হাসি দিয়ে দৌড়ে পালায়। খাবার খেয়ে পাড়াতে বেড়াতে যায় বন্ধুদের সঙ্গে দেখা করতে। তাঁদের সঙ্গে গল্প করে ছোটদের স্নেহ করে ভালোবাসে। বড়দের শ্রদ্ধা সন্মান জানাই। গরীর অসহায়দের অর্থ দিয়ে সাহায্য করে। এমনই ভাবে সময় কাটতে থাকে নিজের দেশে আর দোকান বন্ধ থাকে বিদেশের মাটিতে।

রাজকন্যা আলিসা বড়ই ব্যকুল ও অস্থির হয়ে উঠেছে। তাঁর আর কিছুই ভালো লাগছে না। কেন জানে না সে। মন কোথায় যেন ছুটে চলে যেতে চাই, কিন্তু তা পারে না। কোথায় যেন মনটা যাওয়ার জন্য ব্যতিব্যন্ত হয়েও বুঝে উঠতে পারে না। সে তাঁর জীবনে এমন ধরণের কোনো ছেলে দেখেনি এই দেশে। কি তাঁর শরীরের গঠন কৌশলী। যেমন ফর্সা তেমন লম্বা সুডৌল পুরুষ। তাঁর চোখে এমন আর কোথাও দেখেনি। এক দেখোতেই রাজকন্যা আলিসা বাশার আল আসাদের প্রেমে পড়ে

গিয়েছে। কিন্তু তা তাঁকে জানাবে কেমন করে তা ভেবেই অস্থির। লোকেই বা কি বলবে তাঁকে শুনি। রাজকন্যা হয়ে একজন সামান্য প্রজাকে ভালোবাসে। মান সন্মানের ব্যাপারও তো আছে নাকি। আবার পিতাজী মেনে নেবে কি তারও ব্যাপার একটা আছে। অবশ্য তাঁর ভালোবাসার দাম দেবে। ওদিকে উজির কন্যা সায়রাও অস্থির তাঁকে দেখতে না পেয়ে। মাস পেরিয়ে যাচ্ছে তাঁর কোনো খোঁজ খবর নেই। দোকান বন্ধ। বাড়িতেও পাওয়া যায় না, রক্ষীরা গিয়ে ফিরে আসে। যেহেতু বাশার আল আসাদ কাউকেই বলে আসেনি দেশে আসার কথা।

সেদিন ছিল সোমবার। নুজ অনেক খুশি সে জীবনে যা আশা করেছিল সে তা পেতে যাচ্ছে। আর এটা কনফার্ম। কারণ সেদিন যেভাবে বাশারাল আসাদ তাঁর হাত ধরে প্রেমময়ী ভাবে টেনে খাবার টেবিলে বসালো। ঠিক তখনই তাঁর শরীর শিহরীত ও পুলকির রোমাঞ্চকর হয়ে উঠেছিল। এবং বাশারের মায়ের ইশারারেও বেশ খুশি হয়েছে নুজ। সে জীবনে কোনো পুরুষের ছোঁয়া পায় নাই, কারণ সে ছোটো থেকেই বাশারাল আসাদ কে পছন্দ করে। কেন না ওর বেশ চলার গতি কথা বলার মাধ্যম এবং নম্রতা বজায়তাশীল আছে। আরতাতে লম্বা সুডৌল ফর্সা পেশী বহুল সু পুরুষ বটে। তাঁকে মনে ধরবে না তো কাকে ধরবে শুনি। যাইহোক আজ যেন একটু বেশি বেশি খুশি হচ্ছে নুজ, কেননা স্বয়ং বাশার আল আসাদ বিকেলে বেড়াতে নিয়ে যাবে। যা আশাই করেনি বা ভাবেনি কখনোই। নুজদের বাড়ির পাশেই বড় দিঘী আছে যা পার্কের মত। সরকার দ্বারা নির্মিত, মানুষের মনোরঞ্জনের জন্য নির্ধারিত এবং তা বিনামূল্যে

প্রবেশ অগাধ । নুজ বাশার আল আসাদের কথাগুলি ভাবছে মন দিয়ে এমন সময়, পিছন থেকে বাশাল আল আসাদ এসে চোখ দুটি হাত দিয়ে চেপে ধরে চুপ করে দাঁড়িয়ে আছে । নুজের বুঝতে বাকি রইলো না যে কে তাঁর চোখ হাত দিয়ে ধরেছে, সেও চট করে বলে ফেলল, বাশার তুমি । এত লেট কেন। কি করছিলে। বাশার আল আসাদ নিজের হাত দুটি চোখ থেকে সরিয়ে নিয়ে ধপ করে ঘাসের উপর নুজের পাশে বসে পড়লো । এই তো বাড়ির কিছু কেনাকাটা ছিল আর একটি স্থানে গিয়েছিলাম। কোথায়। এক চাচার বাড়ি, কিছু টাকা দিতে । তাই। বাহ, আজকাল বেশ জনপ্রিয় হয়ে গেছো । তখন ফট বাশার আল আসাদ বলে উঠলো, হুঁ, কিন্তু এতসব কিছু সাধ্য হয়েছে মহান আল্লাহ তায়ালা ও তোমার জন্য । তখন নুজ বলল ছিঃ ছিঃ এসব বলতে নেই। সবই আল্লাহ এবং তোমার কর্মের ফল । যা কিছু তাই হোক তুমি ভালো থেকো এটাই আমার কাম্য আল্লাহর কাছে, বল্ল নুজ । একটু দূরে অনেক ভালো ভালো গোলাপ ফুটে আছে, তা বাশার আল আসাদ দেখতে পেল, কিন্তু নুজ কে কিছুই না বলে হুট করে উঠে লে গেল। তখন নুজ বলল কোথায় যাচ্ছ । এই সামনে এক্ষুনি আসছি । দুটি সুন্দর সুন্দর গোলাপ নিয়ে এসে নুজের বাঁ কানে চুলের সঙ্গে গেঁথে দিল এবং একটি হাতে দিল।

9 789356 677319